SELWYN Y CI

Selwyn a'r
Twyllo Mawr

Scoular Anderson

Addasiad Elin Meek

Gomer

Nodyn i athrawon*: Ar wefan Gomer mae llu o syniadau dysgu a thaflenni gwaith yn barod i chi eu llwytho i lawr a'u defnyddio yn y dosbarth.*

Cofiwch ymweld â'r safle www.gomer.co.uk

Argraffiad Cymraeg Cyntaf – 2006

ISBN 1 84323 499 8

Cyhoeddwyd gyntaf ym Mhrydain gan
A & C Black Publishers Ltd., 37 Soho Square,
Llundain W1D 3QZ
dan y teitl *Stan and the Sneaky Snacks*

ⓑ testun a'r lluniau gwreiddiol: Scoular Anderson, 2002 ©
ⓑ testun Cymraeg: ACCAC, 2006 ©

Cyhoeddwyd gyda chymorth ariannol Awdurdod Cymwysterau Cwricwlwm ac Asesu Cymru.

Dymuna'r cyhoeddwyr gydnabod cymorth Adrannau Cyngor Llyfrau Cymru.

*Argraffwyd gan
Wasg Gomer, Llandysul, Ceredigion SA44 4JL*

Y TAMAID CYNTAF

Roedd hi'n benwythnos a theimlai Selwyn yn hapus. Roedd y teulu i gyd gartref. Roedd gan Selwyn enw i bob aelod o'r teulu. Doedd Boldew a Dynes y Bowlen ddim yn mynd i'r gwaith ar y penwythnos. Doedd Briwsion a Sleifiwr ddim yn mynd i'r ysgol chwaith, felly byddai mwy o fwyd o gwmpas y lle.

Arhosodd Selwyn i bawb godi.

Boldew oedd y cyntaf i ddod i lawr
y grisiau.

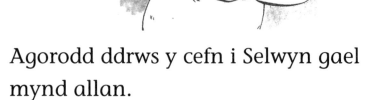

Agorodd ddrws y cefn i Selwyn gael
mynd allan.

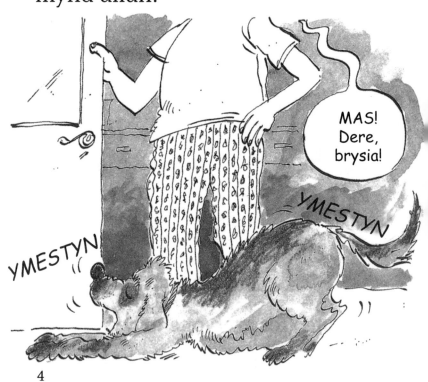

Crwydrodd Selwyn i lawr yr ardd,
yn ffroeni.

Gwnaeth ei
fusnes.

Aeth ymlaen at glwyd y cefn a syllu
i'r lôn.

Byddai'r plant ysgol yn mynd ar hyd
y lôn weithiau, gan adael darnau o
fwyd ar hyd y lle.

Roedd Boldew wedi rhoi clicied uchel
ar y glwyd i gadw Selwyn yn yr ardd.

Gwnaeth
Selwyn yn siŵr
nad oedd neb
yn gwylio.

Dyma fe'n ymestyn . . .

. . . bwrw'r glicied . . .

CLIC!

. . . ac allan ag e i'r lôn.

7

Bwytodd Selwyn yr hanner byrger.

Daeth o hyd i becyn creision â chreision ynddo o hyd.

Daeth o hyd i losin gwyrdd.

Yna daeth o hyd i smotyn o hufen iâ wedi sychu.

Ar ôl bwyta crwydrodd 'nôl i'r ardd a
gwthio'r glwyd ar gau.

Arhosodd wrth
y bwrdd
adar.

Dim briwsion! Hy!

Gwthiodd y drws cefn ar agor
a cherdded i'r gegin.

O! Arogl blasus iawn!

SNWFF! SNWFF!

9

Yr Ail Damaid

Roedd Boldew wedi coginio tafell o facwn i frecwast. Roedd Briwsion a Sleifiwr wrth y bwrdd yn barod, yn bwyta grawnfwyd a thost. Eisteddodd Selwyn o dan y bwrdd yn ôl ei arfer.

Roedd Briwsion yn gollwng briwsion
ym mhobman. Roedd digon o friwsion
yno'n barod i Selwyn allu eu llyfu.

Roedd e'n gwybod y byddai Sleifiwr
yn sleifio rhywbeth iddo, ac felly
eisteddodd yn agos iawn ato.

Yn sydyn daeth sgrech ofnadwy.

BACWN?!!

Roedd Dynes y Bowlen wedi cyrraedd.

Mewn fflach, daeth Selwyn allan o
dan y bwrdd i sefyll wrth ei bowlen.

Ond i'r bin aeth y bacwn.

Aeth Selwyn 'nôl o dan y ford.

Bwytodd y teulu eu brecwast.

Ar ôl brecwast, aeth Selwyn i gysgu yn ei wely. Roedd e'n cael breuddwyd hyfryd pan . . .

. . . gafodd ei ddihuno gan sŵn.

Ond roedd Selwyn yn anghywir.

Roedd Boldew'n sefyll yn y cyntedd
yn dal y tennyn.

Cei di esgus dy fod yn
mynd â'r ci am dro. Fydd
neb yn sylwi.

Cathod
cas!

Druan â Selwyn.

EMBARAS LLWYR
fydd gweld fy
ffrindiau a fe'n
edrych fel'na!

Aeth Boldew â Selwyn allan drwy
ddrws y cefn. Daeth gweddill y teulu
i'w gweld nhw'n mynd.

Dim aros,
cofia!

Dyma Boldew'n
loncian ar hyd llwybr
yr ardd, allan o'r
glwyd ac i'r lôn.

17

Y Trydydd Tamaid

CI

Doedd loncian gyda Boldew ddim yn hwyl. Roedd ei draed mawr yn gwneud sŵn fflip, fflap, fflip, fflap ar y ddaear.

Roedd ei fol yn siglo ac yn siglo.

Roedd ei ben-ôl yn dawnsio yn ei siorts lliwgar.

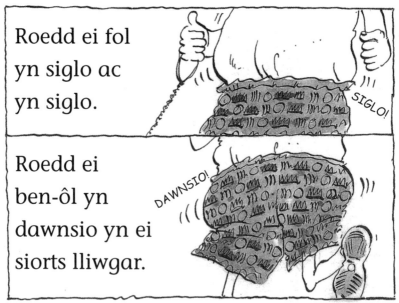

Erbyn iddyn nhw gyrraedd pen y lôn,
roedd Boldew â'i wynt yn ei ddwrn
ac yn goch fel tomato.

Chwiliodd Boldew yn un o bocedi ei siorts a thynnu allan ohoni ddarn o . . .

Chwiliodd yn y boced arall.

Dyma Boldew'n gollwng rhywbeth
a neidiodd Selwyn ato.

Ond cafodd siom enfawr.

Doedd Boldew ddim yn hapus.

Dechreuodd Boldew ar ei daith eto.
Cerdded roedd e nawr, nid loncian.
Aethon nhw i lawr y stryd ac i'r
chwith wrth y goleuadau traffig.

Dyma'r ffordd i gaffi Deio.

Clymodd Boldew dennyn Selwyn wrth
fwrdd tu allan.

Aeth i mewn i'r caffi.

Roedd Boldew'n cymryd oesoedd ac roedd Selwyn yn diflasu. Aeth dynes heibio'n bwyta pecyn o greision.

Dyma Selwyn yn ymestyn i gyrraedd
y creision . . .

. . . ond daeth chwa o wynt a chwythu'r
pecyn i ffwrdd.

Roedd Selwyn wir eisiau cael y pecyn.

Yn y caffi, roedd Boldew yn gorffen bwyta'r bacwn a'r wy. Gwelodd rywbeth drwy gil ei lygaid drwy'r ffenest.

Symudodd yr ymbarél un ffordd ac yna 'nôl y ffordd arall.

Yna dyma'r ymbarél yn dymchwel
a chydio yn un o'r basgedi crog wrth
gwympo.

Daeth sŵn trwm, yna bang, yna
sgrech. Neidiodd Boldew o'i gadair.

Dyma Boldew'n codi Selwyn
o'r llanast. Yna cerddon nhw
adref yn gyflym drwy'r
parc.

Roedd y teulu'n disgwyl amdanyn nhw.

Roedd Selwyn yn gorwedd yn ei fasged yn cael breuddwyd hyfryd arall.

Bore Sul oedd hi. Fyddai'r teulu ddim yn codi am hydoedd.

Yna clywodd Selwyn ddau sŵn nad
oedd e'n eu hoffi. Daeth y sŵn cyntaf
o'r ystafell ymolchi.
Roedd rhywun
wedi codi.

BWRLWM . . .

BWRLWM . . .

SISIAL!

Tybed oedd e'n iawn am yr ail sŵn?
Cerddodd ar hyd y cyntedd ac i'r lolfa.
Dringodd ar gadair wrth y ffenestr.

Glaw!
Ro'n i'n amau.
Dwi ddim yn
mynd mas!

Ar y ffordd 'nôl i'r gegin cafodd
Selwyn sioc. Dyna lle roedd Boldew.

Barod, gi?

Fe awn ni mas nawr
pan does neb o gwmpas
i'n gweld ni.

Dwi'n cytuno'n llwyr –
yn enwedig o weld
dy olwg di.

Allan â nhw drwy
ddrws y cefn ac i'r
parc y tro hwn.

Roedd Selwyn wedi diflasu. Roedd
traed Boldew'n tasgu yn y pyllau i gyd.

Doedd loncian ddim yn hwyl. Doedd dim
amser i aros a ffroeni pethau diddorol.

Roedden nhw newydd fynd heibio cornel y sièd wrth y llyn pan sylwodd Selwyn ar rywbeth.

Arhosodd Selwyn.

Llithrodd y tennyn o law Boldew
a baglodd.

Llithrodd mewn pwll a chwympo dros fainc y parc.

Doedd Boldew ddim yn hapus.

Dyma Selwyn
yn troi
a rhedeg.

Rhedodd heibio i Blew a Brathog.

Rhedodd yr holl
ffordd adre.

37

Y Pumed Tamaid

Pan gyrhaeddodd Boldew adre roedd e wedi blino'n lân. Roedd e wedi rhedeg yr holl ffordd ar ôl Selwyn. Daeth Dynes y Bowlen i edrych ar y briwiau a'r cleisiau.

Doedd Dynes y Bowlen ddim eisiau
rhoi cyfle i Boldew ymlacio.

Ar ôl cinio daeth hoff eiliad Selwyn yn y dydd. Aeth Dynes y Bowlen i lenwi'r bowlen â thun o Ciaidd.

Wedi hynny, roedd y teulu'n brysur. Buodd Boldew yn golchi'r car.

Buodd Dynes y Bowlen yn garddio.

Buodd Briwsion a Sleifiwr yn chwarae pêl-droed.

Fel arfer, roedd Sel yn hoffi pêl-droed hefyd ond roedd e'n poeni am loncian eto. Doedd ei wely ddim yn gyfforddus.

Doedd y soffa ddim yn gyfforddus.

Ych!

CI

Crwydrodd o un ystafell i'r llall.

Roedd e'n cerdded ar hyd y cyntedd pan welodd olau coch yn fflachio ar y ffôn.

Gwasgodd Selwyn fotwm . . .

. . . a gwrando ar y neges.

Roedd y neges hon yn ddiddorol iawn i Selwyn.

Yn nes ymlaen, gwelodd Selwyn Ddynes y Bowlen yn gyrru i ffwrdd yn y car.

Roedd Boldew'n darllen y papur dydd Sul.

Roedd Briwsion a Sleifiwr yn chwarae gêm gyfrifiadur.

Roedd Selwyn yn gwybod ei bod hi'n
amser mynd am dro. Safodd wrth
ochr Boldew a swnian.

Yn y diwedd roedd yn rhaid i Selwyn
wneud rhywbeth difrifol.

Doedd dim hwyl ar Boldew. Roedd e
hefyd wedi llusgo'r plant o'r gêm, a
doedd dim hwyl arnyn nhw chwaith.

Roedd Selwyn yn eu llusgo nhw
i ffwrdd o'r parc o hyd.

Tynnodd Selwyn nhw'r holl ffordd i
gaffi Deio.

Dyma nhw'n gwasgu eu trwynau
yn erbyn y ffenest.

Aeth hi'n dipyn o ddadl pan aethon
nhw i gyd 'nôl i'r car.

Ar ôl cyrraedd adre, aeth y teulu allan eto i loncian o gwmpas y parc. Roedd Selwyn yn falch o'u gweld nhw'n mynd.